Quando
florirem salambás
no tecto do pico

QUANDO FLORIREM SALAMBÁS NO TECTO DO PICO

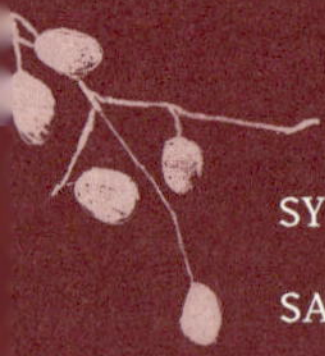

SYLVIA VARTULI: projeto gráfico e diagramação

SANTIAGO RÉGIS: ilustrações de capa e de miolo

Dados Internacionais de Catalogação na Publicação (CIP) - (Câmara Brasileira do Livro, SP, Brasil)

Lima, Conceição
Quando florirem salambás no tecto do pico / Conceição Lima.
-- Belo Horizonte, MG : Mazza Edições, 2024.

ISBN 978-65-5749-081-5

1. Poesia são-tomense I. Título.

23-172207 CDD-ST869.1

Índices para catálogo sistemático: 1. Poesia : Literatura são-tomense ST869.1
Tábata Alves da Silva - Bibliotecária - CRB-8/9253

MAZZA EDIÇÕES

Rua Bragança, 101 > Pompeia > 30280-410 > Belo Horizonte > MG > Brasil

Tel.: (31) 3481 0591 - www.mazzaedicoes.com.br

Quando florirem salambás no tecto do pico

CONCEIÇÃO LIMA

MAZZA
edições

prefácio

"Proclamo neste canto o tamanho do teu nome."

"Entendes por que são verticais as minhas veias?
Essa sugestão de caule nas minhas pernas?"
(LIMA, 2015, p. 12; 27)

Finalmente é facultada às leitoras e aos leitores amantes de poesia a leitura do quarto livro de Conceição Lima. E a mim foi dedicada a honra – e a imensa responsabilidade – de ensaiar esta obra. Conceição Lima, São, eu agradeço a sua confiança e a sua generosidade.

O que ora se lê em *Quando florirem salambás no tecto do pico* (2023) traduz (ou confirma) a proposta da trajetória anunciada em "Circum-navegação", poema que encerra *O país de Akendenguê* (2011). Não posso me furtar a dizer que o poema abria em meu imaginário acerca da obra da poeta a perspectiva de uma leitura que, enfim, retornasse às obras anteriores e que ainda procurasse as bases do encontro com uma casa sempre anunciada e em construção.

Neste *pico*, o que se encontra é um amor, figurado em toda a obra como um "tu", cuja face não é exposta a um primeiro olhar e que, entretanto, desdobra-se, transforma-se em terra e em ilha, em mar e em rios e, talvez, em homens. Ademais, trata-se de uma obra de superação e de conquista da palavra independente, que dialoga com a poesia do mundo e com o *locus* de onde fala a voz poética.

Apresentarei esta obra por meio de suas pequenas partes, que a transformam em corpo vivo, desperto, como já anunciara Lima em *O útero da casa*:

> Quero-me desperta
> se ao útero da casa retorno
> para tactear a diurna penumbra
> das paredes
> na pele dos dedos reviver a maciez
> dos dias subterrâneos
> os momentos idos.
> (LIMA, 2004, "Mátria")

A obra é composta por vinte e cinco poemas numerados. Os títulos são revelados ao final, pois a cada poema uma imagem se cria e a ausência dos títulos nas páginas dos versos traz um ar dos "fantasmas elementares" que em muitos momentos a poeta já desenhou em sua escrita.

Todos os poemas tecem o corpo de um livro denso e lúcido, em que a voz lírica, no entanto, não abandona o "regresso do fundo da memória e do esquecimento" ("4"), do "assombro da aurora primeira" ("5") ou de "algo indefinido" que traduzia "a página em branco no livro mais antigo" ("6"). Sendo assim, remete-se não a dicotomias apenas, mas também a possibilidades de sustentar e sedimentar a linguagem e a arte poética, que flui, como "sugestão" dos pés para o corpo, tal qual água, fertilizante da obra e da liberdade, como se pôde observar em "O amor do rio" (LIMA, 2011, p. 40-42).

Antecipado no primeiro poema, a voz lírica fixa seu lugar ao Sul, em contraposição ou em movimento oposto à imposição do Norte, do Ocidente avassalador e, tantas vezes, devastador das terras africanas. Já não há mais a casa por habitar, mas há o nome da casa que habita a voz lírica.

Desconstrói-se, dessa forma, a permanência no útero, que dá lugar à irrupção, ao jorro para fora das paredes tenras e frágeis, para aquilo que antes era tão somente aspiração. Já se toca, agora, o ventre da manhã, o fruto inadiável – a arte –, sem amanhã: "o tempo presente, os homens presentes, a vida presente" drummondianamente. E, aludindo ainda mais uma vez ao poeta mineiro, o tempo presente é a matéria de *Quando florirem salambás no tecto do pico*.

O poema "2" traz a casa já inscrita na própria pele da voz poética, outra forma de construir a imagem de uma apropriação da "casa" pelo "eu" que aqui fala.

A outrora "Inadiável empresa" (LIMA, 2011, p. 68) é agora urgência e tempo presente: "O projecto dos dias puros" se refaz neste momento em que o eu toca o ventre da manhã – renasce, enfim. Como o tom profético é um dos grandes motivos da obra de Conceição, o poema "3" anuncia que é necessário "esconjurar a erosão da profecia".

O *eu* que aqui fala retorna a'*O país de Akendenguê* e desconstrói "o silêncio que corrói as pedras da fortaleza" como "o sussurro infiltra as paredes / e adensa os semblantes" (2011, "Erosão", p. 54).

No poema "4", relê-se, já sob outro prisma, "O canto obscuro às raízes" (LIMA, 2006, p. 11-19) e a história da memória e do esquecimento vem à tona para acender "um" nome sem rosto, mas real no desejo e na arte poética. A construção desse "nome" é um projeto de casa, grão a grão, ou fio a fio, a reinvenção das linhas inacabadas da casa (aludo ao poema "A casa", da obra *O útero da casa*), o que revela a possibilidade de reaver, voltar a possuir o "assombro da aurora primeira" ("5"). Eis que se desdobra, em diálogos, a sedimentação do caule profícuo e fértil de que se alimenta a metonímica perna da voz lírica.

Da fantasmagoria ou do enigma de que se constituem alguns dos poemas que compõem a obra, emergem a conquista e a liberdade. Não se trata mais de um anseio, e sim de realização. Ainda que a ilha lembre sempre a dolorosa travessia – que é "a sina dos que amam o mar" – em contrapartida, é devolvida a ela a "transparência das coisas esquecidas" ("7"): é o caminho da figuração poética, memorialística e histórica que se instaura na obra lida. Proclama-se o tamanho do "nome" que ora parece representar a nação, ora nos confunde com o homem-humano, no país-ilha de Conceição, "celeiro de ternura" ("10").

Do poema "6" emerge o desejo de tirar do esquecimento a memória da história ilhéu, mesmo que ainda seja "algo indefinido" que traduza a previsão de uma chegada, já o sentimento é de calma, apesar da urgência do tempo presente.

Quando florirem salambás representa uma espécie de apropriação de tudo o que se havia perdido na memória e que, gradualmente, se redesenha no rosto da ilha, "entre a memória e o desejo" (MACEDO, 2011). O movimento gradual que devolve a "transparência das coisas esquecidas" se pode ler em "7".

O jogo antitético do enigma e da transparência continua a se fazer na obra, contudo, esse paradoxo parece ir se transformando em uma possibilidade de uma clara conquista, tão projetada e buscada pela voz poética no decorrer de suas escritas. A metamorfose das dores e lutas por que atravessara o eu que aqui fala, narradas n'*O útero da casa* e n'*A dolorosa raiz do micondó*, se faz agora presente, anunciada como a conquista da travessia, ora sina, agora urgência, "Venci os séculos amargos como um signo de fogo / Reconheces o compasso desta safra? / Atravessei o abismo para *transformar em maravilhas as nossas dores*" (em "8", grifos meus, e em "9").

As menções às obras anteriores são frequentes, como a referência ao rio Nilo, "onde um laço de ndombó amarrará para sempre o [amor do rio]" (LIMA, 2011, p. 41), ou a "fria brisa" que anuncia a gravana, "para resgatar a praça em nova festa / para ressuscitar o povo e sua gesta" (LIMA, 2004, p. 51). Neste canto do pico, o eu proclama "o tamanho do teu nome", o nome de sua casa. Nele,

> Aboliremos os enigmas vindouros
> A velha vidente ainda mora aqui.
>
> E o horizonte são cores derretidas
> A ilha um celeiro de *ternura*
> ("10", grifo meu).

Não se pode prescindir da leitura política que Conceição Lima sempre buscou em sua obra. Em alguns poemas de *Quando florirem salambás* relembra-se

Havana e a Revolução, nomeia-se Sierra Maestra e "a fortaleza exausta de heroísmo".

Pode-se enxergar a liberdade e a palavra palpitantes nos corações que renascem e reconfiguram o olhar sobre as ilhas outrora avassaladas pelos colonizadores europeus. Há um canto de esperança: "renascer" é um olhar para o futuro, para "as novas trovas" que se semeiam.

A ilha é o reino difícil, faminto e belo. Recordo-me ainda de um dos muitos diálogos que Lima trava com a poesia de Alda Espírito Santo, libertando o grito dos afogados de Batepá, num ilhéu, agora, "inesperado". Feito de silêncios, o que desejou Alda em sua obra, emerge agora do mar a tortura imposta no fatídico episódio de 1953,

> (...)
> Vem libertar o grito dos afogados
> Neste ilhéu inesperado
> ("16").

Voltando aos poemas "13" e "14", a voz poética relembra as difíceis demoras da chegada de um tempo de liberdade, "Quantas vezes não chegaste! / Quanto tempo te esperei e me perdi! (...) // Há atalhos na raiz dos meus cabelos (...)" e continua, em "13".

Respectivamente, "14" relembra a tribo azul – "Ainda te lembras da tribo azul?" – d'*O país de Akendenguê*, "Ao encontro da linguagem da tribo azul / cada passo me afasta de um rito sagrado" (2011, p. 71) e o "difícil ofício de lavrar a paciência" (*idem*, p. 106), no entanto, agora, "Lavrar o caminho tendo o sol por companhia".

A anunciada chegada de um anônimo "tu" se aproxima em "16", que virá "libertar o grito dos afogados / Neste ilhéu inesperado", acolhida pela segurança de um "Silêncio de abrigo à tua chegada". Este é o momento da chegada da esperança que se projeta por toda a obra, momento em que "os corsários partiram / Com espadas de bruma e fantasia". E assim, num andar de clara espera e certa chegada, abre-se mais uma vereda na obra da poeta são-tomense.

Em homenagem a Langston Hughes (1902-67), "E eis que um poeta nos fala de rios", Lima também nos relata conquistas de um poeta que "celebra a profundidade dos rios ancestrais / quando despimos a solidão no leito do Kwanza" ("19"). Explícita a referência, há de se ressaltar a importância de Hughes no movimento cultural afro-norte-americano da década de 1920, o Harlem Renaissance ou New Black Movement. A poeta alude ao poema "The Negro Speaks of Rivers"[1] (*The weary blues*), de Hughes, no seu "19".

Seguindo uma leitura em linha reta da obra, em "20" a poeta também fala de rios, mas

> agora de um rio em [si] nascente
> Lodo e agrião, ondas mansas em corrente
> Um rio recôndito como o coração da ilha (...)

---

1 - "I've known rivers: / I've known rivers ancient as the world and older than the flow of human blood in human veins. // My soul has grown deep like the rivers. // I bathed in the Euphrates when dawns were young. / I built my hut near the Congo and it lulled me to sleep. / I looked upon the Nile and raised the pyramids above it. / I heard the singing of the Mississippi when Abe Lincoln went down to New Orleans, and I've seen its muddy bosom turn all golden in the sunset. // I've known rivers: / Ancient, dusky rivers. // My soul has grown deep like the rivers."

Água Grande além de todas as viagens

Rio apenas, irmão de todos os rios.

Este é o rio de sua terra, o rio que é sua casa, pois que não tem outra, uma casa que é o seu lugar, pois que não quer outro, como a voz lírica afirma em "O amor do rio" (2011, p. 41), um rio "Cumprindo no mar o seu destino de água", que sabemos ser um elemento que fertiliza a narrativa do amor e da esperança.

No poema "22" há, talvez, claramente, a reconstrução do olhar (ou o olhar sob outra perspectiva) voltado para as ilhas de São Tomé e Príncipe, em que o "eu" reconstrói o discurso de apropriação da própria terra – reconstruindo os afetos.

Trata-se de um olhar que vislumbra uma casa mais esperançosa do que aquela que emerge tantas vezes em *O útero da casa* ou n'*A dolorosa raiz do micondó*. Repito os versos, para enfatizá-los: "artesãos da nossa redenção" – a fala de uma voz poética a partir de quem nasce um rio, em "ondas mansas / (...) recôndito como o coração da ilha" ("20").

Seria este rio o que nasce dos rascunhos que conservara a voz lírica em sua mão, "aquela letra adiada, a extensão da rasura" em "O amor do rio", de *O país de Akendenguê*? Seria esta a escrita fixada, sem o interdito da rasura histórica e dolorosa da memória política e opressora de outrora? Seria a escuta do "som do rio que nos funda e nos reinventa?", perdida tantas vezes face a face? Enfim, "O amor do grande rio [que, afinal] nos convoca"? (LIMA, 2011, p. 40-42)

Nos versos subsequentes, "23", a voz poética assume-se "[Maravilhada] ante a nossa inteireza". Maravilhada ante a inteireza da palavra dita e da arte caminha o "eu" desta obra de Conceição Lima, em que um sujeito lírico transmutado "em semente [de sua] própria raiz" se anuncia sem mais renúncias. N'*O país de Akendenguê* (2011, p. 71), a voz poética afirma que "Toda a fronteira é um apelo à renúncia" e em *Quando florirem salambás* ela anuncia: "E as fronteiras em mim se desvanecem". Assim, aquela renúncia de outrora parece dar lugar a concretizações de desejos: "Rasguei os postais. / Nada é tão real como estar aqui", afirma a voz poética no poema "21".

O canto às raízes, que já se veem brotar do solo fértil das ilhas de São Tomé e Príncipe, das ilhas de Conceição Lima, convida a sentir "a fragrância [de sua] oceânica varanda" ("25"), onde todos os mares explodem, como em circum-navegações, em fronteiras que não mais se afiguram como renúncias. Já se podem, dos fantasmas elementares, decifrar as perdas e o "difícil ofício de lavrar a paciência" (LIMA, 2011, p. 106), repito, dá lugar ao "sol por companhia" ("14").

Enfim, a poeta encerra mais uma parte de sua travessia em versos potentes e libertos - também livres - ("25"), cujas imagens nos fazem ver o processo inacabado que metamorfoseia o "eu" em sua "própria raiz", após as longas errâncias pelas narrativas obscuras de sua terra, e alça voo, dando asas à sua própria semente.

Reescrever a história de uma nação exige articulação de tempos, superação, elaboração do passado histórico - mais explicitamente no caso dos países africanos de língua oficial portuguesa - e transgressão das regras outrora impostas pela opressão colonial, transformadas em liberdade e altos voos com as asas de uma Fênix.

Enfim, são negociações culturais e tradicionais, em franco processo de revitalização na linguagem poética de Conceição Lima.

Não se pode, enfim, circunscrever tal obra, impregnada de ideais políticos de renegociação das fronteiras e das raízes a apenas uma área do saber. A poética de Conceição Lima perscruta a memória afetiva – "Eu, a que em mim agora fala" (2011, p. 18) –, buscando uma reconciliação com a casa; subsequentemente, estende a busca às raízes obscuras e vai mais longe, leva para São Tomé e Príncipe o país de um músico gabonês e fundem-se as alteridades no lugar fronteiriço da convergência de identidades plurais: "Que nenhum idioma nos proclame ilhéus de nós próprios" (*idem*, p. 15).

Se, como afirma Edward W. Said (2005), "o objetivo da atividade intelectual é promover a liberdade humana e o conhecimento", posso afirmar que estamos diante de uma artista-intelectual comprometida com seu tempo e seu país, avessa às questões meramente panfletárias. Não há como negar, porém, que os artistas envolvidos com essas questões, noutros tempos, façam parte da herança da poeta e que lhe tenham dado matéria para a sua escrita.

Não é possível, ademais, negar que no poema "Canto obscuro às raízes" haja uma tentativa de tatear o passado, haja a busca, em primeira instância, de uma "certa essência". Mas anuncia-se a impossibilidade de encontrá-la, pois a própria negativa – "não descobri a aldeia do meu primeiro avô" (2006, p. 15) – já nos coloca no caminho obscuro dessa essência que não há; por isso a necessidade de *representar* a busca, deixando implícitas as críticas à crença numa noção rígida e prévia de conceitos complexos como povo, nação.

Dessa maneira, o olhar para a nação e a tentativa de reinventar *lugares*, neutralizar a nostalgia e de, enfim, recontar a história a partir de desejos e memórias afetivas e traços que confluem para um olhar pluralista, transformam a perda temporária da casa essencial numa linguagem metafórica, ou, como afirma Bhabha (1998, p. 199), "transporta[m] o significado de casa e de sentir-se em casa (...) através das distâncias e diferenças culturais que transpõem a comunidade imaginada do povo-nação".

A voz lírica "que no espelho tropeça / na fronte dos *seus* avós" será sempre a peregrina que transitará entre a impossibilidade de voltar ao conceito essencialista da raiz pura, e o "nómade que regressará sempre à Juffure"[2].

Torna-se possível, desse modo, o estabelecimento da fronteira rica em alteridades e identidades, o que problematiza o caráter do sujeito e da busca identitária num país em que ainda ecoam fortemente conceitos e ideais sob o paradigma da unidade e pureza originárias. Porém, como escreve a poeta, "Rasguei os postais. / Nada é tão real quanto estar aqui" ("21"): faz-se necessário continuar, desde a própria casa, que é São Tomé e Príncipe, a tanto desconstruir o paradigma, quanto empreender a travessia metafísica da vida, que torna concreta a metamorfose da palavra em poesia.

2 - Versos citados de forma aleatória do poema "Canto obscuro às raízes".

Se, nesta voz lírica, cujas fronteiras foram sempre uma aspiração de viagem, as próprias fronteiras se desvanecem, e, com elas, as renúncias de enunciar a palavra em livre voo de "semente e ave". Conceição Lima convida-nos a entrar em sua casa, pois "Aberta [deixará] a janela" ("17") e a circum-navegação se fará mais uma vez e mais uma vez e mais uma vez *ad infinitum.*

A voz lírica de Conceição Lima é ave livre em voo sem fim. Que seja sempre bem-vinda a sua palavra.

Profa. Dra. Naduska Mário Palmeira

Pesquisadora

1

Escrevo o teu nome na areia nua
Escrevo a Sul, para nomear
a casa que me habita.

2

Toco o ventre da manhã
A palpitação do fruto inadiável

Na tensa curva da pele escrevo o teu nome
Com uma urgência sem amanhã.

3

Digo em surdina o teu nome e solto um pássaro
Escondida na minha voz, ancorada na luz da insónia.
Afugento agoiros para esconjurar a erosão da profecia.

Os anjos desertaram ou fui eu que roubei as suas asas?

4

Vim para acender o teu nome nas pálpebras do poema
O teu nome em excesso e carência geminado
na atónita face de cansados deuses.

Mas a multidão cavalga o dorso de díspares caminhos
E alguém em mim pergunta pelos antepassados.

Regresso do fundo da memória e do esquecimento.

5

Sílaba a sílaba reparto o teu nome
Pão e rosa, bandeira, a bondade da palmeira.
Grão a grão construo o teu rosto
Para reaver o assombro da aurora primeira.

6

Era uma tarde ainda sem a tua face
Toda a ilha era previsão e acalmia
Não era um presságio a tua vinda
Mas algo indefinido traduzia
A página em branco no livro mais antigo.

7

Era Verão a Sul, estava sol, havia mar.
A ilha lembrava ainda a dolorosa travessia.
Mas todos os continentes são ilhas, disse aquela voz.

E suspenso ficou o poema.

Era uma canção enigmática
A devolvida transparência das coisas esquecidas.

Era uma língua clara, outrora ouvida
E do seu cerne emergia um rito
de liberdade e conquista.

8

Venci os séculos amargos como um signo de fogo.
Reconheces o compasso desta safra?
Atravessei o abismo para transformar em
[maravilhas as nossas dores.

9

Acende o Kilimanjaro, o fogo das neves eternas
Solta os Nilos no meu seio, conheço a solidão das estepes.
Fui savana.
Canto a simbiose dos dias torrenciais e da brisa na gravana.

10

Tantas horas nas horas dos teus dedos!
Tanto azul nos teus cabelos!
Aboliremos os enigmas vindouros
A velha vidente ainda mora aqui.

E o horizonte são cores derretidas
A ilha um celeiro de ternura
Recuam enjeitadas as vozes das sereias

Proclamo neste canto o tamanho do teu nome.

11

Nunca iremos a Havana
Varadero é um cartaz na parede.
Não subiremos à Sierra
Transmuta a fortaleza exausta de heroísmo.
Nas *calles* se semeiam novas trovas.

Palpitas livre no coração das idades que renascem.

12

São tão belas as crianças deste reino!
Quão doces as amêndoas nos seus olhos!
Imitam o fulgor das madrugadas
E mastigam a polpa dos pomares difíceis.
Seguem o exemplo das mães abnegadas
Nos seus dentes se extinguem as fomes do planeta.

13

Quantas vezes não chegaste!
Quanto tempo te esperei e me perdi!
Quantas noites te diluí
No vocábulo das coisas pequenas.

Há atalhos na raiz dos meus cabelos
Segredam barcos no murmúrio das conchas.

Vem tocar as cintilações dos palmares
Tactear a cicatriz nesta laceração
A escarificação na derme deste mar

Vem agora que todos os guerreiros venceram
Ressuscitaram os campos, as tribos dançam
E as fronteiras em mim se desvanecem.

Diz-me de que lado chegarás
Quando florirem os salambás no tecto do pico.

14

Ainda te lembras da tribo azul?
Sua fuga do país das pedras frias?
Sua marcha incessante além dos dias?
O arco-íris no encalço dos seus guias?
As muralhas de hossana e alquimia?

Lavrar caminho tendo o sol por companhia.

15

Vamos ver o deserto – pediste.

Os beduínos não partiram.

O oásis à nossa beira, porém a lembrança do mar nos perseguia.

16

Há velas a hastear
Ignotos promontórios
Os cabos da boa esperança.

Não mais timoneiros perdidos
Rotas equivocadas
Se a praia guarda da bússola os segredos.

Vem beijar o sal nas minhas tranças
Desatar a vida nestas algas
Vem indagar dos prodígios desta dança.

Vem agora que os corsários partiram
Com espadas de bruma e fantasia

Vem libertar o grito dos afogados
Neste ilhéu inesperado

Silêncio de abrigo à tua chegada.

17

Desfraldo a cor dos dias na colina
Aqui onde a casa permanece
Erguida sob a copa dos coqueiros.

De verde se enfeitam os caroceiros
Roseiras e califas debruam a varanda
E a pressa é irmã de minha mãe.

Eis a casa na colina à tua espera
Guardo da avó a paciência
Mas tomba sobre nós o peso desta sombra.

Fecharemos as janelas deste quarto?

Fugiremos dos estrondos?

Mariam foi raptada, não voltará da escola
Com seu lenço de seda e de confiança
A caneta carregada de futuro.

E a pergunta nos invade e atravessa:

Ainda nos poderemos amar?

Salvar-nos-emos dos abismos da surdez?

Aberta deixaremos a janela.

18

Enfrentámos distâncias milenares
Para ver nascer o sol a Oriente
Porém quando alcançámos o Eufrates
Todas as estátuas haviam sido demolidas.

19

(Com Langston Hughes, uma variação sobre "The Negro Speaks of Rivers")

E eis que um poeta nos fala de rios.

Um poeta nos fala de rios
anteriores ao percurso do sangue nas veias humanas.

Também em ti as eras do Nilo banhando as pirâmides
Também as nossas veias inundadas pelo Congo...

A voz do Mississípi descendo até Nova Orleães
O Mississípi cantando sempre até Nova Orleães...

Um poeta embebe a profundidade dos rios ancestrais
quando despimos a solidão no leito do Kwanza.

20

Falo-te agora de um rio em mim nascente
Lodo e agrião, ondas mansas em corrente
Um rio recôndito como o coração da ilha.

Água Grande não tão Congo não tão Nilo
Água Grande sem canoas sem regatas
Apenas rio
Cumprindo no mar seu destino de água.

Mas tu que conheces todas as cidades
Tu de tantos rios peregrino habitante
não conheces o rosto da minha cidade
não conheces o rio no corpo da minha cidade.

Água Grande além de todas as viagens
Rio apenas, irmão de todos os rios.

21

Rasguei os postais.

Nada é tão real como estar aqui.

22

Nada é tão real como esta morada de esplendor e solidão
Onde recusamos atraiçoar a promessa da luz.

Anunciados fomos antes dos erros, enganos e perfídias.

Uma a uma apagaremos as estrelas de mentira
Removeremos dos caminhos o lixo e os entraves
Abraçaremos as lavras, sacudiremos dos livros a poeira.

Nenhum vestígio dos altares erguidos a deuses absurdos.

Recomeçamos – artesãos da nossa redenção.

23

Maravilhados ante a nossa inteireza
Caminharemos rentes aos coqueirais
Afastados das quimeras do Outono.

24

Vem testemunhar este ingente nascimento
Esta aprendizagem de audácia e paciência.

O leite das mães tem a pureza das fontes puras
As manhãs nascem sempre repentinas
São benignas as florestas
E o mar faísca de inusitadas ofertas.

Tão tépido o ar, tão doce a doçura desta aragem
Tanto agora neste casal de adolescentes
que se entreolha
sobre o muro da Baía...

E contudo, tanto leme derramado, quanta
perda e tanta busca no rumo deste remo...

Eis a casa que me habita, árdua herança
que me instiga
irrevogável projecto de prumo e claridade.

Diz-me do duro caroço dos frutos inexoráveis
Diz-me apenas das vértebras da montanha

Aqui onde o Atlântico será sempre azul
Aqui onde os turistas ascendem a um neutro paraíso.

25

Sente a minha dor e o meu aroma
A fragrância desta oceânica varanda.

Aqui não há jardins ilegais, brotam telas das orquídeas
Perseguimos a flor azul que não se encontra nunca.

Conheço os sortilégios de todas as plantas
Herdei os dedos e segredos das avós
Bebi o portentoso suco da mayoba
Sei que o perfume da xalela incensará
eternamente o meu quintal.

Entendes porque são verticais as minhas veias?
Esta sugestão de caule nas minhas pernas?

Amarei também as flores do teu nome
Buscarei a beleza de outros jardins.
Eu que percorri tantos mares e lugares
Transmutada em semente e asa da minha própria raiz.

índice

a autora

Conceição Lima nasceu em Santana, na ilha de São Tomé, São Tomé e Príncipe, a 8 de dezembro de 1961. Jornalista, poetisa e cronista. Jornalista, repórter e documentarista da TVS, Televisão São-tomense, foi, durante longos anos, jornalista e produtora dos Serviços em Língua Portuguesa da BBC, em Londres. É licenciada em Estudos Africanos, Portugueses e Brasileiros pelo King's College of London (Divisão de Honra) e possui o grau de Mestre em Estudos Africanos, com especialização em Governos e Políticas na África sub-sahariana, pela School of Oriental and African Studies, SOAS, Londres. Pela Editorial Caminho, de Lisboa, publicou *O Útero da Casa* (2004), *A Dolorosa Raiz do Micondó* (1ª edição 2006, 2ª edição 2008) e *O País de Akendenguê* (2011). Em 2015, em edição de autora, publicou *Quando Florirem Salambás no Tecto do Pico*. Tem livros e poemas traduzidos para o alemão, árabe, checo, espanhol, francês, galego, inglês, italiano, servo-croata, neerlandês e turco.

Ainda em 2015, o livro *A Dolorosa Raiz do Micondó*, publicado no Brasil pela Geração Editorial, foi selecionado pelo PNBE, Programa Nacional Biblioteca da Escola.

A Dolorosa Raiz do Micondó está traduzido para o espanhol pelas editoras Baile del Sol, de Tenerife, e El Perro y la Rana, de Caracas. Em 2014 foi traduzido para o italiano pela editora Kolibris. Os seus quatro livros de poesia foram traduzidos para o alemão pela Editora Delta, de Estugarda.

É membro-fundadora da União Nacional dos Escritores e Artistas São-tomenses, UNEAS e Coordenadora, para São Tomé e Príncipe, do Movimento Poético Mundial. Em setembro de 2021, o seu poema Afroinsularidade /Afroinsularity), traduzido por David Shook, venceu, *ex aequo*, o concurso *Poems in Translation*, coorganizado pela revista *Words Without Borders* e pela Academia Americana de Poetas, entre 606 poemas em 61 línguas, 327 poetas de 79 países. Em 2022, venceu o Prémio Isaura Carvalho de Literatura Dramática com a peça *Um Confronto Imaginado e uma Profecia.*

Em 2023 publicou, pela Editorial Caminho, o livro *O Mundo visto do Meio-Crónicas seguidas de um Auto do Século XX*.

Participação em eventos e festivais literários em Angola, Moçambique, Portugal, Brasil, Caracas e Medellin, entre outros.

Algumas publicações em que foram divulgados poemas da autora: Revista *Metamorfoses* da Cátedra Jorge de Sena, Universidade Federal do Rio de Janeiro; revista *Prometeo*, do Festival Mundial de Poesia de Medellin; revista *Arquitrave*, Bogotá; revista *Caransari*, Barcelona; revista *Literatas*, Moçambique; *Antologia da Poesia Feminina dos PALOP*, Galiza; *The World Record* (International Voices from Southbank Centre's Poetry Parnassus, Inglaterra); *Anthology of Poems on Capital Cities* (Índia); *Jornal Cultura* (Angola); *World Literature Today*; *Words Without Borders*; *The Literary Review* e jornal *En El Camino*, do Conselho Nacional de Cultura da Venezuela.

Este livro foi composto em tipografia Kitsh Text
e impresso em papel Pólen Bold 90 g/m² (miolo)
e papel Cartão Supremo 250 g/m² (capa),
no verão de dois mil e vinte e quatro.